Arthur Conan Doyle

Le Problème final

Table des matières

Le problème final 3

Toutes les aventures de Sherlock Holmes 27

Le problème final

C'est le coeur serré que je prends la plume pour tracer ces lignes, les dernières où je parlerai jamais des dons singuliers qui faisaient de mon ami Sherlock Holmes un être d'exception. D'une façon assez décousue et, à mon sentiment, assez malhabile, je me suis efforcé d'écrire le récit des étranges aventures que j'ai vécues à ses côtés, depuis le jour où le hasard nous rapprocha, à l'époque d'*Une étude en rouge*, jusqu'à celui où Holmes intervint dans l'affaire que j'ai rapportée dans *Le Traité naval*. J'avais l'intention d'en rester là et de ne rien dire des événements qui créèrent dans mon existence un vide que deux années écoulées ont peu fait pour combler. Mais je me trouve avoir en quelque sorte la main forcée par la récente publication des lettres dans lesquelles le colonel James Moriarty défend la mémoire de son frère et je n'ai plus le choix : il est de mon devoir de placer les faits sous les yeux du public, tels qu'ils se sont déroulés. Je suis le seul à savoir toute la vérité sur l'affaire et j'ai la conviction que l'heure est venue où rien ne justifierait plus mon silence. Autant que je sache, l'histoire n'a été contée dans la presse que trois fois : le 6 mai 1891, dans un article du *Journal de Genève* ; le 7, dans une dépêche Reuter, reproduite par tous les journaux anglais ; et, tout dernièrement, dans les lettres auxquelles je viens de faire allusion. L'article et la dépêche étaient extrêmement brefs et les lettres, comme je le montrerai, dénaturent complètement les faits. Il m'appartient donc de dire, et pour la première fois, ce qui s'est réellement passé entre le Pr Moriarty et M. Sherlock Holmes.

Je dois tout d'abord rappeler qu'après mon mariage, comme je m'étais décidé à me consacrer sérieusement à mes malades, mes relations avec Sherlock Holmes, jusqu'alors très intimes, se trouvèrent sensiblement modifiées. Il faisait encore appel à moi de temps en temps, lorsqu'il désirait que quelqu'un l'assistât dans ses enquêtes, mais la chose devenait de plus en plus rare et je constate qu'en 1890 je n'ai pris de notes que sur trois affaires seulement. Durant l'hiver de cette même année et dans les premiers jours du printemps de 1891, je vis dans les journaux français que le gouvernement français avait confié à mon ami une mission de toute première importance et je reçus de Holmes deux courts billets, datés l'un de Narbonne et l'autre de Nîmes, qui me donnaient à entendre que son séjour en France risquait de se prolonger longtemps. C'est donc avec quelque surprise que, le 24 avril au soir, je le vis entrer dans mon cabinet. J'eus l'impression qu'il était plus pâle et plus maigre que jamais.

– Oui, me dit-il, répondant à ma question muette, je me suis un peu surmené ces temps-ci. J'ai eu passablement à faire. Vous ne voyez pas d'objection à ce que je ferme vos volets ?

Il n'y avait dans la pièce d'autre lumière que celle de la lampe posée sur ma table. Holmes, longeant les murs, gagna la fenêtre, ferma les volets et les fixa solidement.

– Vous avez peur de quelque chose ? demandai-je.

– Exactement.

– Et de quoi en particulier ?

– Des carabines à air comprimé.

– Qu'est-ce que vous me racontez là ?

– Je crois, mon cher Watson, que vous me connaissez assez pour savoir que je ne suis pas accessible à la nervosité. Cependant, je considère qu'il y a plus de sottise que de courage à se refuser à voir le danger lorsqu'il est sur vous. Puis-je vous demander une allumette ?

Il tira quelques bouffées de sa cigarette, puis reprit :

– Je m'excuse de vous rendre visite à une heure si tardive et aussi d'être obligé de vous présenter une requête insolite :

j'aimerais tout à l'heure m'en aller, non par la porte, mais par-dessus le mur de votre jardin.

– Mais qu'est-ce que tout cela signifie ?

Il me montra sa main : deux de ses phalanges étaient ensanglantées. Souriant, il répondit :

– Il ne s'agit pas d'un pur esprit, comme vous pouvez le constater, mais d'un être assez solide pour qu'on puisse se briser les os sur lui. Mme Watson est à la maison ?

– Elle est à la campagne, chez une amie.

– Alors, vous êtes seul ?

– Rigoureusement.

– Tant mieux ! Dans ces conditions, j'ai moins de scrupules à vous proposer de venir passer une semaine avec moi sur le continent.

– Où, exactement ?

– N'importe où ! Ça m'est égal.

Il y avait dans tout cela quelque chose d'étrange. Il n'était pas dans le tempérament de Holmes de partir en vacances sans savoir où il se rendait et son visage fatigué me révélait qu'il avait les nerfs extraordinairement tendus. Mes yeux l'interrogeaient. Il s'en aperçut, s'assit dans un fauteuil et, les doigts entrecroisés et les coudes sur les genoux, entreprit de m'exposer la situation.

– Vous n'avez probablement jamais entendu parler du Pr Moriarty ?

– Jamais ! dis-je.

– C'est bien là ce qu'il y a de merveilleux et de génial chez cet homme ! s'écria-t-il. Il règne sur Londres et personne n'a entendu parler de lui. C'est ce qui fait de lui le criminel des criminels. Je n'hésite pas à vous déclarer, Watson, en toute sincérité, que, si je pouvais réduire ce Moriarty à l'impuissance et délivrer de lui la société, je considérerais que ma carrière a atteint son apogée et que je serais tout prêt à adopter un genre de vie plus calme. Soit dit entre nous, les affaires dont je me suis occupé ces temps derniers, pour le compte de la famille royale de Suède d'abord, puis pour celui du gouvernement français, me laissent dans une situation de fortune suffisante pour que je puisse mener désormais l'existence paisible qui est celle que je préfère. Je pourrais me consacrer entièrement à mes travaux de chimie. Seulement, mon cher Watson, mon esprit ne connaîtrait pas le repos ! Il me serait impossible de rester tranquillement assis dans mon fauteuil et de me dire qu'un Moriarty circule impunément dans les rues de Londres et que personne ne s'intéresse à lui !

– Mais qu'a-t-il donc fait ?

– Il a eu une vie extraordinaire. Il est de bonne famille et il a reçu une excellente éducation. Prodigieusement doué pour les mathématiques, à vingt et un ans il publiait une étude sur le binôme de Newton, qui fit sensation dans toute l'Europe et lui valut de devenir titulaire de la chaire de mathématiques dans une de nos petites universités. Tout donnait à penser qu'il allait faire une carrière extrêmement brillante. Mais l'homme avait une hérédité chargée, qui faisait de lui une sorte de monstre, avec des instincts criminels d'autant plus redoutables qu'ils étaient servis par une intelligence exceptionnelle. Des bruits fâcheux coururent bientôt sur lui dans l'Université, qui l'obligèrent à se démettre. Il vint à Londres où il se mit à donner des cours destinés aux officiers de l'armée. Cela, c'est ce que tout le monde sait. Ce que je vais vous dire maintenant, c'est ce que j'ai découvert, moi.

« Comme vous ne l'ignorez pas, Watson, personne ne connaît mieux que moi la pègre criminelle de Londres. Depuis plusieurs années, j'ai la conviction absolue qu'il existe une puissance cachée derrière les crapules que la police a à combattre, une force bien organisée qui s'oppose à l'action des représentants de la loi et protège efficacement les malfaiteurs. Cette force, j'ai souvent senti sa présence à l'occasion des affaires les plus diverses – faux en écritures, vols, meurtres, etc. – et j'ai eu le sentiment que c'était elle qui avait tout machiné dans bien des crimes impunis, au sujet desquels on ne m'a pas consulté. Pendant des années, j'ai essayé d'écarter les voiles derrière lesquels elle se cache. J'ai fini par trouver une piste qui, après mille détours imprévus, m'a conduit à ce mathématicien célèbre qu'est l'ex-professeur Moriarty.

« Cet homme, Watson, c'est le Napoléon du crime. Je le tiens pour responsable de la moitié des méfaits, connus ou inconnus, qui se commettent à Londres. Il a du génie. C'est un philosophe et un penseur. Un cerveau. Il ne bouge pas. Il est comme l'araignée au milieu de sa toile, une toile immense, qui a des milliers de ramifications, dont le moindre frémissement lui est sensible. Personnellement, il agit peu : il se contente de dresser des plans de campagne. Mais ses agents sont innombrables et merveilleusement organisés. Y a-t-il un crime à commettre, un document à voler, une maison à cambrioler, un homme à faire disparaître ? On alerte le professeur, il prépare le coup et on travaille sur ses données. L'agent d'exécution peut être pris. Dans ce cas, on trouve de l'argent pour le faire mettre en liberté provisoire et lui assurer un bon défenseur. Quant à la force occulte qui l'a mis en mouvement, elle n'est ni inquiétée ni même soupçonnée. Cette organisation, le raisonnement, Watson, me permettait d'affirmer qu'elle existait : j'entrepris de la combattre de toute mon énergie, résolu à la démasquer et à la détruire.

« Je m'aperçus bientôt que les précautions de Moriarty étaient si savamment prises que, quoi que je pusse tenter, il me serait impossible de réunir les preuves indispensables pour obtenir contre lui une condamnation. Vous savez, Watson, ce dont je suis capable. Au bout de trois mois, j'étais pourtant obligé de convenir que, cette fois, je me heurtais à un adversaire qui, sur le plan intellectuel, était mon égal. L'horreur que m'inspiraient ses crimes se confondait avec l'admiration que j'éprouvais pour sa diabolique habileté. Il finit, cependant, par commettre une erreur, une toute petite erreur sans doute, mais qui était plus qu'il ne pouvait se permettre alors que j'étais sur sa trace. J'ai saisi l'occasion et, partant de là, j'ai tendu mes filets autour de lui : il ne me reste plus qu'à les fermer. Dans trois jours, c'est-à-dire lundi prochain, ce sera fait : le professeur et les principaux membres de sa bande tomberont aux mains de la police. Nous aurons ensuite le plus grand procès criminel du siècle, qui nous apportera la solution de plus d'une quarantaine d'affaires demeurées mystérieuses et se terminera par la corde pour tous les accusés. Cela dit, Watson, il faut bien comprendre que, si nous agissons trop vite, notre homme et ses complices peuvent nous échapper à la dernière minute.

« Si j'avais pu prendre toutes mes dispositions sans que Moriarty se doutât de quelque chose, tout aurait été parfait. Mais il est trop fin pour que ce fût possible et aucun de mes mouvements ne lui a échappé. À plusieurs reprises, il a rompu pour retrouver sa liberté d'action. J'ai modifié mes plans et, souvent, repris l'avantage. Si le récit de cette lutte silencieuse pouvait être écrit, mon cher ami, il aurait sa place dans l'histoire de la police. Jamais on ne fit plus belle escrime, jamais je ne suis monté aussi haut, jamais adversaire ne m'a donné autant de mal. Quoi qu'il en soit, ce matin, tout était prêt et il ne me fallait plus que trois jours pour en terminer. Assis dans mon bureau, je réfléchissais, quand soudain la porte s'ouvrit. Je levai la tête : le Pr Moriarty était devant moi.

« J'ai les nerfs solides, Watson, mais je dois avouer que j'ai reçu un choc quand j'ai aperçu, debout sur mon seuil, cet homme qui si souvent a occupé ma pensée. Son apparence m'était déjà familière. Il est très grand, mince, avec un vaste front bombé et des yeux profondément enfoncés dans les orbites. Rasé, pâle, il a une figure d'ascète et ses traits ont gardé quelque chose du professeur qu'il a été. Il se tient légèrement voûté et ne cesse de se balancer doucement de droite à gauche et de gauche à droite, un peu – cette curieuse comparaison m'est venue à l'esprit – à la manière des lézards. Les paupières plissées, il me dévisagea longuement, avec une attention soutenue.

« – Vous avez le front moins développé que je ne supposais, me dit-il enfin. C'est une habitude dangereuse que de manipuler des armes à feu dans la poche de sa robe de chambre.

« En le voyant entrer, j'avais immédiatement compris que la situation présentait pour moi de graves dangers et, d'un geste rapide, j'avais pris une arme dans mon tiroir, pour la glisser dans ma poche, le canon pressé contre le drap et tourné vers mon visiteur. Sa remarque me décida à poser mon revolver, tout armé, sur la table. Il sourit. D'un air si inquiétant que je me félicitai d'avoir une arme à portée de la main.

« – Évidemment, dit-il, vous ne me connaissez pas ?

« – Au contraire, répliquai-je. Mon attitude démontre que je vous connais fort bien. Asseyez-vous, je vous en prie ! J'ai cinq minutes à vous accorder si vous avez quelque chose à me dire.

« – Tout ce que j'ai à vous dire vous est déjà passé par l'esprit !

« – Et vous connaissez probablement mes conclusions ?

« – Votre ligne de conduite reste la même ?

« – Absolument.

« Il plongea la main dans sa poche. Immédiatement, je saisis mon revolver. Mais Moriarty se proposait seulement de s'aider de quelques notes jetées sur un agenda.

« – Le 4 janvier, reprit-il, vous vous êtes mis en travers de ma route. Le 23 du même mois, vous m'avez donné quelques petits tracas et vous m'avez sérieusement ennuyé vers le milieu de février. À la fin de mars, mes plans étaient à revoir en entier et, aujourd'hui, par suite de votre acharnement contre moi, je me trouve placé dans une situation telle que ma liberté même est menacée. Ma position devient impossible.

« – Avez-vous une suggestion à faire ? demandai-je.

« – Oui, monsieur Holmes ! Il faut que vous passiez la main. Vous comprenez ? Il le faut.

« – C'est ce que je ferai lundi prochain, répondis-je.

« – Un homme de votre intelligence, monsieur Holmes, ne peut pas ne pas se rendre compte qu'il n'y a, à cette aventure, qu'une solution possible : vous devez vous retirer, c'est indispensable. Vous avez manoeuvré de telle sorte qu'il ne nous reste plus, à nous, qu'une ressource. La façon dont vous êtes intervenu dans cette affaire a été pour moi un véritable régal intellectuel et, je le dis en toute sincérité, il me serait pénible d'être contraint d'en venir aux mesures extrêmes. Vous souriez, mais je vous assure que c'est la vérité.

« Je lui fis observer que le danger faisait partie de mon métier.

« – Il ne s'agit pas de danger, répliqua-t-il, il s'agit d'une destruction inévitable. Vous barrez le chemin, non pas seulement à un individu, mais à une puissante organisation dont, si habile que vous soyez, vous ne soupçonnez pas les possibilités. Ou vous vous tiendrez tranquille, monsieur Holmes, ou vous serez piétiné !

« – Je crains, dis-je, me levant, que le plaisir de cette conversation ne soit en train de me faire négliger une affaire d'importance qui m'appelle ailleurs.

« Il se mit debout, lui aussi, et, hochant la tête, me regarda longuement sans rien dire.

« – Très bien ! déclara-t-il enfin. C'est dommage, mais j'aurai fait tout ce que je pouvais ! Je sais comment vous jouez votre partie, monsieur Holmes. Vous ne pouvez rien faire avant lundi. C'est un duel entre vous et moi et vous vous figurez que vous réussirez à m'amener dans le box des accusés. Permettez-moi de vous dire que vous ne m'y verrez jamais ! Vous espérez me battre, mais il n'en sera rien. Et, si vous êtes assez fort pour provoquer ma ruine, tenez pour certain que je serai assez fort, moi, pour vous écraser dans ma chute !

« – Monsieur Moriarty, répondis-je, vous m'avez dit des choses extrêmement flatteuses. Je pense vous faire un compliment, à mon tour, en vous disant que, si j'étais sûr de vous détruire, j'accepterais volontiers, me sacrifiant pour la communauté, d'être détruit, moi aussi !

« – Je puis vous promettre que vous le serez, mais non que je le serai, moi !

« Ayant dit, Moriarty ricana, tourna les talons et sortit, mettant fin à ce singulier entretien, qui me laissait, je l'avoue, sur une très désagréable impression. Il avait parlé sans élever la voix, avec la sobre précision d'un homme qui pense ce qu'il dit. Il ne bluffait pas, c'était incontestable. Naturellement, vous me direz : " Mais pourquoi ne le signalez-vous pas à la police ? " Réponse : parce que j'ai la conviction que ce n'est pas lui qui frappera, mais un de ses agents. J'ai les meilleures raisons du monde d'en être sûr.

– Vous avez déjà été attaqué ?

– Mon cher Watson, le Pr Moriarty n'est pas homme à laisser l'herbe pousser sous ses pas. Je suis sorti vers midi, mes affaires m'appelant dans Oxford Street. Venant de Bentinck Street, je traversais le carrefour pour gagner Welbeck Street quand une voiture de livraison, attelée de deux chevaux, m'est arrivée dessus à une allure folle. Je n'ai eu que le temps de faire un bond de côté, échappant à la mort par une fraction de seconde. La voiture, cependant, avait déjà disparu dans Marylebone Lane. Je me tins désormais sur le trottoir. Dans Vere Street, une tuile tombée d'un toit vint s'écraser à mes pieds. J'appelai un agent et fis examiner la maison. Le toit était effectivement en réparation, des tuiles attendaient d'être employées et on voulut me persuader que c'était le vent qui avait fait voler celle qui avait failli me fracasser le crâne. Je savais à quoi m'en tenir là-dessus, mais je n'avais pas de preuve. Je m'en allai, prenant un *cab*, qui me conduisit chez mon frère, dans Pall Mall, où je passai la journée. En venant chez vous, j'ai été attaqué par un voyou qui maniait la matraque avec virtuosité. Je l'ai mis *knock-out* et des agents l'ont pris en charge, mais je suis absolument convaincu qu'il sera impossible de démontrer qu'il existe une relation quelconque entre le gentleman sur la mâchoire duquel je me suis abîmé la main et le professeur de mathématiques qui se trouvait, j'en suis sûr, à dix milles du lieu de l'agression, étudiant au tableau noir quelque problème compliqué. Vous ne vous étonnerez donc pas, mon cher Watson, si la première chose que j'aie faite en arrivant chez vous a été de fermer les volets et si je me vois dans l'obligation de vous demander la permission de me retirer par une sortie plus discrète que la grande porte.

J'avais souvent admiré le courage de mon ami, mais jamais plus qu'en cet instant où, calmement assis dans son fauteuil, il récapitulait cette série d'incidents qui avaient fait de sa journée quelque chose de terrible.

– Pourquoi ne passeriez-vous pas la nuit ici ? demandai-je.

– Parce que vous découvririez peut-être, mon cher ami, que je suis un hôte par trop dangereux. Mes plans sont dressés et tout ira bien. Au point où en sont les choses, les événements doivent se développer sans que j'intervienne, au moins jusqu'à l'arrestation, ma présence ne devenant indispensable que pour faire condamner le personnage. Par conséquent, je ne puis mieux faire que de m'éloigner durant les quelques jours qui restent à courir avant que la police ne puisse entrer en action. C'est pourquoi il me serait très agréable que vous acceptiez de venir sur le continent avec moi.

– J'ai peu de malades en ce moment, dis-je, et j'ai un confrère avec qui je m'entends parfaitement. Je serai ravi de vous accompagner.

– Et de partir demain matin ?

– Si c'est nécessaire.

– N'en doutez pas ! Voici donc vos instructions et je vous prie, mon cher Watson, de les suivre à la lettre, car, à partir de cet instant, nous avons, vous et moi, partie liée contre le bandit le plus intelligent qui soit en Europe et contre la plus puissante organisation criminelle du monde entier. Écoutez-moi bien ! Ce soir, vous ferez porter vos bagages par un homme sûr à la gare de Victoria. Aucune adresse sur votre malle, bien entendu. Demain matin, vous enverrez votre valet vous chercher un *cab*. Recommandez-lui de ne pas prendre le premier qui se présentera, non plus que le second. Vous sauterez dans la voiture et vous vous ferez conduire au bout du Strand, juste devant la Lowther Arcade. Cette adresse, vous la ferez connaître au cocher sur un morceau de papier, que vous aurez soin de récupérer. Vous tiendrez tout prêt le prix de la course et, dès que votre *cab* se sera arrêté, vous vous engouffrerez sous l'Arcade, vous arrangeant pour arriver de l'autre côté à 8 h 45 précises. Là, vous trouverez, vous attendant au bord du trottoir, un petit coupé, conduit par un homme qui portera un manteau noir à collet rouge. Vous grimperez dedans et vous arriverez à Victoria à temps pour vous installer dans le Continental Express.

– Où vous retrouverai-je ?

– À la gare. Le deuxième compartiment dans la première voiture de première classe nous est réservé.

– Donc, rendez-vous au wagon ?

– Vous l'avez dit !

Ce fut en vain que je priai Holmes de passer la soirée avec moi. De toute évidence, il estimait que sa présence risquait d'avoir des conséquences fâcheuses pour son hôte et qu'il n'avait pas le droit de l'imposer à personne. Il me fit encore quelques rapides recommandations pour le lendemain, puis s'en alla par le jardin. Je le vis escalader le mur et sauter dans Mortimer Street. Peu après, je l'entendis siffler un *cab*, dans lequel il s'éloigna.

J'observai strictement ses instructions. Le lendemain matin, mon valet alla me chercher un *cab* et prit toutes les précautions nécessaires pour être sûr que celui qu'il choisissait n'avait pas été placé là spécialement à mon intention. Mon petit déjeuner pris, je me fis conduire à la Lowther Arcade, que je traversai en trombe. Le coupé était là, avec un cocher massif, enveloppé dans un lourd manteau noir à parements rouges. L'homme fouetta son cheval avant même que je ne fusse assis, me déposa à la gare de Victoria et disparut avec sa voiture sans même m'accorder un regard.

Jusque-là, tout avait bien marché. Mes bagages m'attendaient et je trouvai sans difficulté le compartiment que Holmes m'avait indiqué et qui était d'ailleurs, dans tout le train, le seul sur les vitres duquel on eut apposé une affichette portant le mot « Réservé ». Mon seul souci était de ne point voir Holmes apparaître. Sept minutes seulement nous séparaient de l'heure fixée pour le départ et c'était vainement que je scrutais les groupes, dans l'espoir de découvrir, parmi les voyageurs et ceux qui étaient venus leur dire adieu, la mince silhouette de mon ami. Je passai quelques instants à venir au secours d'un vénérable prêtre italien qui, en très mauvais anglais, s'efforçait de faire comprendre à un porteur que ses malles devaient être enregistrées pour Paris. Après quoi, ayant encore une fois inspecté le quai d'un coup d'oeil, je regagnai mon compartiment pour m'apercevoir que le porteur, malgré l'affichette, nous avait donné pour compagnon de voyage le vieil ecclésiastique transalpin. Mon italien étant encore plus pauvre que son anglais, il était inutile d'essayer de lui expliquer qu'il occupait une place réservée. Je me résignai et m'approchai de la fenêtre, cherchant des yeux mon ami. Je commençais à me sentir inquiet : son absence ne signifiait-elle pas que quelque chose lui était arrivé durant la nuit ? On fermait les portières et la locomotive sifflait.

– Mon cher Watson, dit une voix derrière moi, vous n'avez même pas daigné me dire bonjour !

Je me retournai, stupéfait. Le vieux prêtre italien me regardait. L'espace d'un instant, ses rides s'effacèrent, la lippe de la lèvre inférieure disparut, la bouche cessa de trembler, les yeux retrouvèrent leur éclat. Puis, subitement, tout rentra « dans l'ordre » : Holmes était parti aussi vite qu'il était venu.

– Dieu de Dieu ! m'écriai-je. J'en suis encore abasourdi !

– Je ne puis négliger aucune précaution, me répondit-il dans un murmure. J'ai de bonnes raisons de penser qu'on est sur notre piste. Tenez ! voici Moriarty en personne !

Le train s'était mis en marche. Je regardai sur le quai et j'aperçus un homme de haute taille qui se frayait brutalement un chemin dans la foule, tout en faisant de grands signes, comme s'il avait eu l'espoir de faire arrêter la machine. Mais il était trop tard : nous prenions déjà de la vitesse et, peu après, nous avions quitté la gare.

– Vous voyez, me dit Holmes en riant, que, malgré tout, nous l'avons échappé belle !

Il se leva, retira son chapeau et se dépouilla de sa soutane. Les accessoires de son déguisement rangés dans une mallette, il se tourna vers moi.

– Vous avez lu les journaux du matin ?

– Pas encore.

– Alors, vous ne savez pas ce qui s'est passé à Baker Street ?

– À Baker Street ?

– On a mis le feu chez moi. Il y a peu de dégâts.

– Le feu ! Mais c'est insensé !

– J'imagine qu'ils ont complètement perdu ma trace, hier soir, après l'arrestation de l'homme à la matraque. Sinon, ils n'auraient pas supposé que j'étais rentré chez moi. Évidemment, ils vous surveillaient et c'est ce qui a amené Moriarty à la gare. Vous n'avez pas fait de fausse manoeuvre en venant ?

– Je m'en suis tenu rigoureusement à vos instructions.

– Vous avez trouvé le coupé ?

– Il m'attendait.

– Vous avez reconnu le cocher ?

– Non.

– C'était mon frère Mycroft. C'est un sérieux avantage, dans des circonstances comme celles-là, que de pouvoir ne pas mettre un domestique dans la confidence. Il faudrait voir, maintenant, ce que nous allons faire au sujet de Moriarty.

– Étant donné que nous sommes dans un express et que le bateau assure la correspondance, j'ai l'impression que nous l'avons semé pour de bon.

– Mon cher Watson, je commence à croire que vous ne m'avez pas très bien compris quand je vous ai dit que, sur le plan intellectuel, cet homme était mon égal. Vous ne vous figurez tout de même pas que, si c'était moi qui lui donnais la chasse, je me laisserais arrêter par un obstacle si dérisoire ? Alors, pourquoi ne lui accordez-vous pas un peu plus de crédit ?

– Que va-t-il faire ?

– Ce que je ferais.

– Alors, que feriez-vous ?

– Je chaufferais un train spécial.

– Il arrivera trop tard.

– Jamais de la vie ! Notre train arrête à Canterbury et, au bateau, il faut compter au moins un quart d'heure avant le départ. Il nous rejoindra là-bas.

– À vous entendre, on pourrait penser que c'est nous qui sommes les criminels. Faisons-le arrêter à l'arrivée !

– Ce serait détruire le travail de trois mois. Nous tiendrions la grosse pièce, mais les petits poissons se glisseraient à travers les mailles du filet et nous échapperaient. Or, lundi, nous devrions les coffrer tous. Non, l'arrestation est impossible.

– Alors ?

– Nous quitterons le train à Canterbury.

– Et après ?

– Eh bien, de là nous rallierons Newhaven, et Dieppe ensuite. Moriarty, une fois encore, fera ce que j'aurais fait. Il se rendra à Paris, repérera nos bagages et les surveillera, à la gare même, pendant quarante-huit heures. Pendant ce temps-là, nous nous offrirons chacun une mallette, encourageant par là l'industrie du pays que nous traversons, et, sans nous presser, nous gagnerons la Suisse, *via* Luxembourg-Bâle.

Il y a trop longtemps que je voyage pour être ennuyé par la perte de mes bagages, mais je dois avouer que j'étais passablement vexé d'être obligé de modifier mon itinéraire et de me cacher, par la faute d'un homme dont les crimes ne se comptaient plus. Cependant, il était bien évident que Holmes était mieux placé que moi pour juger de ce que nous devions faire. Nous descendîmes donc du train à Canterbury. Il nous fallait attendre une heure celui qui nous emmènerait à Newhaven.

Je regardais mélancoliquement s'éloigner le fourgon qui emportait mes vêtements de rechange quand Holmes me tira par la manche et me dit, l'index pointé vers la voie, en direction de Londres :

– Il n'a pas traîné !

On apercevait au loin un filet de fumée, qui semblait s'élever des bois déjà verdoyants du Kent. Une minute plus tard, une locomotive attelée d'un unique wagon abordait à toute vitesse la large courbe qui précède la gare. Nous eûmes tout juste le temps de nous dissimuler derrière une pile de bagages quand elle passa devant nous, dans un vacarme assourdissant. Holmes, souriant, regardait le wagon tressauter sur tes aiguillages.

– Voilà notre homme lancé ! dit-il. Il y a, vous le voyez, des limites à son intelligence. Il aurait véritablement réussi un coup de maître s'il avait reconstitué les déductions que je devais faire, moi, et agi en conséquence.

– Que pensez-vous qu'il aurait fait s'il nous avait rejoints ?

– Il n'y a pas le moindre doute là-dessus. Il aurait certainement essayé de m'assassiner. Seulement, c'est un jeu qui se joue à deux. Pour le moment, la question est de savoir si nous déjeunons ici, encore qu'il soit un peu tôt, ou si nous risquons de mourir de faim avant d'atteindre le buffet de Newhaven.

Le même soir, nous arrivions à Bruxelles. Nous y passâmes deux jours, quittant ensuite la capitale belge pour gagner Strasbourg. Le lundi, Holmes, qui avait télégraphié à la police londonienne dans la matinée, reçut dans la soirée la réponse qu'il attendait. Il ouvrit la dépêche et, avec un juron, la jeta dans le feu.

– J'aurais dû m'en douter, grogna-t-il. Il leur a échappé !

– Moriarty ?

– Ils ont bouclé toute la bande, lui excepté. Il s'est joué d'eux comme il a voulu. Évidemment, moi parti, il ne restait personne en Angleterre pour lutter contre lui avec des chances de succès. Seulement, je me figurais leur avoir mâché la besogne. Je crois, Watson, que vous feriez bien de rentrer à Londres.

– Mais pourquoi ?

– Parce qu'à partir de maintenant, Watson, je deviens pour vous un dangereux compagnon. L'organisation de cet homme vient de s'écrouler. Il est perdu s'il rentre à Londres. Si je ne me trompe sur son compte, il va désormais consacrer toute son énergie à se venger. En fait, il ne me l'a pas caché au cours de notre entretien et j'ai idée qu'il parlait sérieusement. Je vous recommanderais vivement de retourner à votre clientèle.

Venant d'un vieil ami dont j'avais été souvent le compagnon de lutte, un tel appel avait peu de chances d'être entendu. Nous discutâmes la question pendant une demi-heure, dans la salle à manger de l'hôtel, et, le soir même, poursuivant ensemble notre voyage, nous partions pour Genève.

Pendant huit jours délicieux, nous remontâmes la vallée du Rhône, franchissant ensuite le col du Gemmi, encore enfoui sous la neige, pour gagner Interlaken, d'où nous nous mîmes en route pour Meiringen. Le paysage était adorable. Nous avions à nos pieds tout le vert du printemps et, au-dessus de nous, l'éclatante blancheur des neiges éternelles. Holmes, pourtant, n'oubliait pas l'ombre qui planait sur lui. Aussi bien dans les aimables petits villages des Alpes que dans les passes solitaires de la montagne, je me rendais compte, aux regards furtifs qu'il jetait de droite et de gauche, à la façon dont il scrutait les visages, qu'il restait convaincu que, si loin que nous portassent nos pas, ils ne pouvaient nous emmener assez loin pour qu'il nous fût possible de nous dire hors de danger.

Une fois, je m'en souviens, sur le Gemmi, comme nous suivions l'étroit sentier qui domine le mélancolique Daubensee, un énorme morceau de roc se détacha de la muraille, sur notre droite, passa derrière nous en grondant et alla se perdre dans les eaux du lac. Holmes, tout aussitôt, escalada la paroi et, d'une plate-forme élevée, inspecta l'horizon du regard dans toutes les directions. Notre guide nous assura qu'au printemps les chutes de pierres n'étaient pas rares en cet endroit. Il perdait son temps. Holmes, sans répondre, souriait, de l'air de quelqu'un qui voit ses prévisions confirmées.

Il se tenait sur ses gardes, mais n'était nullement déprimé. Au contraire, je ne me rappelle pas l'avoir jamais vu plus enjoué. Il se plaisait à me répéter que, s'il avait la certitude que la société n'aurait plus rien à craindre du Pr Moriarty, ce serait d'un coeur léger qu'il mettrait fin à sa propre carrière.

– Et je crois pouvoir dire, mon cher Watson, me déclara-t-il un jour, que ma vie n'aura pas été complètement perdue. Si elle devait prendre fin ce soir, je pourrais encore considérer mon passé d'une âme égale. C'est un peu à cause de moi que, maintenant, l'air de Londres est plus pur. Dans plus de mille affaires, je suis certain d'avoir mis mes facultés au service des honnêtes gens, encore qu'en ces derniers temps j'aie été plus attiré par les problèmes posés par la nature elle-même que par ceux, bien moins passionnants, qu'engendre la structure artificielle de la société. Vos intéressants Mémoires, Watson, prendront fin le jour où j'apporterai un couronnement à ma carrière en arrêtant, ou peut-être en supprimant, le plus dangereux et le plus intelligent criminel de l'Europe entière.

Il ne me reste que peu de choses à ajouter. Je serai bref et précis. Le sujet n'est pas de ceux que je pourrais avoir plaisir à développer, mais il est cependant de mon devoir de ne pas omettre un détail.

Le 3 mai, nous atteignîmes le petit village de Meiringen, où nous prîmes pension à l'*Hôtel des Anglais*, alors tenu par Peter Steiler l'aîné. L'homme était intelligent et parlait un anglais excellent, car il avait pendant trois ans servi en qualité de garçon à Londres, au *Grosvenor Hotel*. Sur son conseil, nous nous mîmes en route, dans l'après-midi du 4, pour traverser la montagne et aller passer la nuit au hameau de Rosenlaui. Il nous avait bien recommandé de ne point passer à proximité des chutes de Reichenbach, qui sont à mi-chemin du sommet, sans faire un petit détour pour les voir.

Le site, il faut en convenir, est effrayant. Le torrent, gonflé par la fonte des neiges, se précipite au fond d'une gorge, d'où l'écume s'élève en tourbillons comme de la fumée au-dessus d'une maison en feu. Le défilé dans lequel la rivière se rue est une sorte de ravin, aux parois d'un noir brillant de houille. Elle va se rétrécissant, dans un bouillonnement blanc, sous lequel se devinent d'insondables profondeurs. L'eau verte coule en mugissant sous un rideau d'écume et de l'abîme monte un grondement sourd et continu.

Nous contemplâmes longuement ce paysage dantesque. Accroché au flanc de la montagne, le sentier sur lequel nous nous tenions avance jusqu'au-dessus de la chute, pour qu'on puisse mieux l'admirer, mais prend fin brusquement et le touriste ne peut se retirer qu'en revenant sur ses pas. C'était ce que nous allions faire quand nous vîmes accourir dans notre direction un jeune garçon du pays qui brandissait une lettre. L'enveloppe portait l'en-tête de l'hôtel et le pli m'était destiné. Il m'informait que, quelques minutes à peine après notre départ, une Anglaise était arrivée à l'hôtel. Tuberculeuse au dernier degré, elle avait passé l'hiver à Davos et elle se rendait à Lucerne, où elle devait retrouver des amis. Une hémorragie soudaine l'avait obligée à s'arrêter en route. Il était probable qu'elle n'avait plus que quelques heures à vivre, mais ce serait pour elle un grand réconfort que de voir un médecin anglais à son chevet. Steiler terminait en me priant de bien vouloir redescendre à l'hôtel, et, dans un *post-scriptum*, ajoutait qu'il me serait personnellement très reconnaissant de lui accorder cette faveur : la dame refusant obstinément de recevoir un médecin suisse, le brave homme se sentait écrasé par le sentiment de ses responsabilités.

Il est des cris de détresse qu'on ne peut ignorer. Il était impossible de ne pas me rendre auprès d'une de mes compatriotes agonisant en pays étranger. Pourtant, j'avais scrupule à abandonner Holmes. Nous décidâmes finalement que le jeune messager suisse resterait avec lui, pour lui tenir compagnie et lui servir de guide, tandis que je regagnerais Meiringen. Holmes me dit qu'il s'attarderait un instant encore auprès des chutes et s'en irait ensuite tout doucement vers Rosenlaui, où je le rejoindrais dans la soirée. Je m'éloignai. Me retournant, j'aperçus Holmes, adossé, les bras croisés, à la paroi rocheuse et regardant en bas, vers le gouffre. Je ne devais plus le revoir en ce monde.

Arrivé presque au pied de la descente, je me retournai de nouveau. D'où j'étais, les chutes étaient invisibles, mais j'apercevais distinctement le sentier qui y conduisait. Un homme le suivait, qui marchait d'un pas rapide. Je voyais sa silhouette noire qui se découpait sur un fond de verdure. Je remarquai mentalement qu'il était bien pressé, puis, songeant à la malade qui m'attendait, pensai à autre chose.

Je dus mettre un peu plus d'une heure pour arriver à Meiringen. Le vieux Steiler prenait le frais sous le porche de l'hôtel.

– Alors ? lui dis-je, un peu haletant encore. J'espère qu'elle ne va pas plus mal ?

Il posa sur moi un regard étonné et, au froncement de ses sourcils, je sentis le coeur me manquer. Je tirai la lettre de ma poche.

– Ce n'est pas vous qui avez écrit ça ? Il n'y a pas ici une Anglaise qui est malade ?

– Certainement pas ! me répondit-il.

Il regardait mon enveloppe.

– Pourtant, reprit-il, cette lettre porte l'en-tête de l'hôtel. Je suppose qu'elle aura été écrite par cet Anglais qui est arrivé immédiatement après votre départ. Il a dit...

Je n'attendis pas ses explications. Redoutant le pire, je descendais déjà en courant la grande rue du village pour rejoindre le sentier par lequel j'étais venu. Je me hâtai autant qu'il me fut possible, mais il ne m'en fallut pas moins de deux heures pour me retrouver au point d'où j'étais parti. L'alpenstock de Holmes était toujours là, posé contre le roc, à l'endroit même où je l'avais vu à mon départ, mais mon ami avait disparu. Je l'appelai longuement. Aucune réponse, sinon l'écho de ma propre voix, renvoyée par les rochers d'alentour.

Ce qui me glaçait de terreur, c'était cet alpenstock, qui me prouvait que mon ami n'était pas allé à Rosenlaui. Holmes avait dû rester là, sur cet étroit sentier, bordé d'un côté par une paroi abrupte et de l'autre par un précipice, et c'était là que son ennemi l'avait surpris. Aucune trace du jeune Suisse, bien entendu, Moriarty l'avait payé, le gamin était parti, laissant les deux hommes face à face. Que s'était-il passé ensuite ? Qui pourrait jamais nous le dire ?

Je demeurai là, une minute ou deux, cloué sur place, essayant de me ressaisir et de secouer l'horreur qui m'accablait. Puis, je pensai aux méthodes de Holmes et m'efforçai de les utiliser pour reconstituer le drame. Ce n'était, hélas, que trop facile ! Durant notre conversation, nous n'étions pas allés jusqu'à l'extrême bout du sentier et l'alpenstock marquait l'endroit exact où nous nous étions arrêtés. Le sol était entretenu dans un état d'humidité constante par l'écume pulvérisée qui jaillissait du ravin et un moineau, en trottinant, y eût laissé des empreintes. On voyait nettement des traces de pas, formant une double piste qui s'éloignait vers l'extrémité du sentier. Mais rien n'indiquait qu'un des deux promeneurs fût revenu. À proximité du gouffre, la terre boueuse avait été piétinée et, le long du rocher, ronces et fougères avaient été foulées et écrasées. Je m'allongeai sur le sol et j'avançai la tête au-dessus de l'abîme. Le soir commençait à tomber et je ne distinguai rien, hormis le miroitement des noires parois rocheuses et, tout au fond, l'eau qui bouillonnait au pied des chutes. J'appelai de toute la force de mes poumons. Aucune réponse ne parvint à mes oreilles.

Il était écrit, pourtant, que mon vieil ami m'adresserait un dernier adieu. Revenant près de son alpenstock, je remarquai, posé sur une saillie du roc, un objet qui brillait. J'avançai la main : c'était l'étui à cigarettes en argent que Holmes avait l'habitude de porter sur lui. Comme je le prenais, un petit papier carré tomba par terre. Je le ramassai et, le dépliant, je constatai qu'il s'agissait de trois pages arrachées à un carnet et à moi destinées. Remarque caractéristique et qui peint l'homme, le texte était aussi clair et l'écriture aussi nette que si, ce message, Holmes l'avait rédigé dans le calme de son cabinet de travail. Ce billet, le voici :

Mon cher Watson,

Si je puis vous écrire ces quelques lignes, je le dois à la courtoisie de M. Moriarty, qui veut bien attendre un instant avant de commencer avec moi la discussion qui mettra un point final à notre différend. Il m'a exposé de façon sommaire les procédés qu'il a mis en oeuvre pour échapper à la police britannique et être, d'autre part, informé de nos mouvements. Ce qu'il m'a dit m'a confirmé dans la très haute opinion que j'avais de ses dons et de ses possibilités. Je suis heureux de penser que je suis désormais en mesure de débarrasser la société de sa néfaste présence, malheureusement, je le crains, à un prix qui chagrinera mes amis, et vous tout spécialement, mon cher Watson. Cependant, je vous ai déjà fait remarquer que, de toute façon, ma carrière a atteint son apogée et que je ne pouvais mieux la terminer que je ne vais le faire. Je vous avouerai, et ma confession sera complète, que je n'ai pas douté un instant que la lettre qui vous a été apportée de Meiringen était une mystification et que je vous ai laissé partir très sûr de ce qui allait se produire. Dites à l'inspecteur Patterson que les papiers dont il a besoin pour faire condamner la bande se trouvent dans le casier « M », enfermés dans une enveloppe bleue, marquée « Moriarty ». J'ai pris, avant de quitter Londres, toutes mes dispositions quant à ce que doivent devenir mes biens, que je laisse à mon frère Mycroft. Présentez, je vous prie, mes

Quelques mots me suffiront pour terminer. Il n'est pour ainsi dire pas douteux, d'après les conclusions des enquêteurs qualifiés, que les deux hommes se battirent et que la lutte prit fin comme il était fatal dans les conditions où elle était engagée, les deux adversaires roulant dans l'abîme, accrochés l'un à l'autre. Les recherches entreprises pour retrouver les corps étaient sans espoir. Au fond du terrifiant chaudron de Reichenbach demeurent engloutis pour l'éternité le pire criminel des temps modernes et le plus remarquable détective de sa génération. Le jeune Suisse qui avait porté la lettre ne fut jamais identifié et il est certain qu'il était l'un des nombreux agents à la solde de Moriarty. Quant à la bande, on n'a vraisemblablement pas oublié que les preuves accumulées par Holmes firent toute la lumière sur ses méfaits et que la main du mort s'appesantit lourdement sur les complices de Moriarty. Du chef lui-même, il fut peu parlé au cours des débats et, si je me suis trouvé dans l'obligation d'écrire une relation exacte de ce que fut sa carrière, c'est uniquement parce que des champions fâcheusement inspirés se sont trouvés pour essayer de réhabiliter sa mémoire en attaquant un homme que je regarderai toujours comme le meilleur et le plus sage que j'aie connu.

Toutes les aventures de Sherlock Holmes

Liste des quatre romans et cinquante-six nouvelles qui constituent les aventures de Sherlock Holmes, publiées par Sir Arthur Conan Doyle entre 1887 et 1927.

Romans

* Une Étude en Rouge (novembre 1887)
* Le Signe des Quatre (février 1890)
* Le Chien des Baskerville (août 1901 à mai 1902)
* La Vallée de la Peur (sept 1914 à mai 1915)

Les Aventures de Sherlock Holmes

* Un Scandale en Bohême (juillet 1891)
* La Ligue des Rouquins (août 1891)
* Une Affaire d'Identité (septembre 1891)
* Le mystère de la vallée de Boscombe (octobre 1891)
* Les Cinq Pépins d'Orange (novembre 1891)
* L'Homme à la Lèvre Tordue (décembre 1891)
* L'Escarboucle Bleue (janvier 1892)
* Le Ruban Moucheté (février 1892)
* Le Pouce de l'Ingénieur (mars 1892)
* Un Aristocrate Célibataire (avril 1892)
* Le Diadème de Beryls (mai 1892)
* Les Hêtres Rouges (juin 1892)

Les Mémoires de Sherlock Holmes

* Flamme d'Argent (décembre 1892)
* La Boite en Carton (janvier 1893)
* La Figure Jaune (février 1893)
* L'Employé de l'Agent de Change (mars 1893)
* Le Gloria-Scott (avril 1893)
* Le Rituel des Musgrave (mai 1893)
* Les Propriétaires de Reigate (juin 1893)

* Le Tordu (juillet 1893)
* Le Pensionnaire en Traitement (août 1893)
* L'Interprète Grec (septembre 1893)
* Le Traité Naval (octobre / novembre 1893)
* Le Dernier Problème (décembre 1893)

Le Retour de Sherlock Holmes

* La Maison Vide (26 septembre 1903)
* L'Entrepreneur de Norwood (31 octobre 1903)
* Les Hommes Dansants (décembre 1903)
* La Cycliste Solitaire (26 décembre 1903)
* L'École du prieuré (30 janvier 1904)
* Peter le Noir (27 février 1904)
* Charles Auguste Milverton (26 mars 1904)
* Les Six Napoléons (30 avril 1904)
* Les Trois Étudiants (juin 1904)
* Le Pince-Nez en Or (juillet 1904)
* Un Trois-Quarts a été perdu (août 1904)
* Le Manoir dc L'Abbaye (septembre 1904)
* La Deuxième Tâche (décembre 1904)

Son Dernier Coup d'Archet

* L'aventure de Wisteria Lodge (15 août 1908)
* Les Plans du Bruce-Partington (décembre 1908)
* Le Pied du Diable (décembre 1910)
* Le Cercle Rouge (mars/avril 1911)
* La Disparition de Lady Frances Carfax (décembre 1911)
* Le détective agonisant (22 novembre 1913)
* Son Dernier Coup d'Archet (septembre 1917)

Les Archives de Sherlock Holmes

* La Pierre de Mazarin (octobre 1921)
* Le Problème du Pont de Thor (février et mars 1922)
* L'Homme qui Grimpait (mars 1923)

* Le Vampire du Sussex (janvier 1924)
* Les Trois Garrideb (25 octobre 1924)
* L'Illustre Client (8 novembre 1924)
* Les Trois-Pignons (18 septembre 1926)
* Le Soldat Blanchi (16 octobre 1926)
* La Crinière du Lion (27 novembre 1926)
* Le Marchand de Couleurs Retiré des Affaires (18 décembre. 1926)
* La Pensionnaire Voilée (22 janvier 1927)
* L'Aventure de Shoscombe Old Place (5 mars 1927)